D1726650

Hartwig Hossenfelder • Thomas Hemstege

Auch dein Schatten ist dir nicht treu

Deutsche SENRYU: Gedichte in japanischer Versform

Verlag Simon & Magiera
München

ISBN 3-88676-006-5
(c)   1981 Verlag Gerd Simon & Claudia Magiera
Druck: Biedermann GmbH München

INHALT

DER DICHTER
ÜBER DEN MALER   Auch Thomas ist zwar
ein Schwarzmaler, doch das Weiß
läßt er durchschimmern.

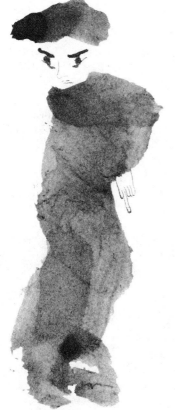

DER MALER ÜBER DEN DICHTER

Vorwort des Dichters

Mit dem Namen **Senryu** verbinden sicher noch nicht allzu viele Europäer eine klare Vorstellung. Das Senryu ist neben dem **Haiku** und dem **Tanka** die dritte wesentliche Gedichtform Japans. Es gibt diese Form seit etwa Ende des 18. Jahrhunderts, und ihr Name leitet sich von einem gewissen Karai Hachiemon her, der als erster diese Gedichte gesammelt und unter dem Schriftstellernamen Senryu ("Flußweide") herausgegeben hat.

Das Senryu besitzt wie das Haiku die strenge Siebzehnsilbenform (5-7-5), aber sein Inhalt bezieht sich nicht wie bei diesem auf den Kreislauf des Jahres und Naturgegebenheiten, sondern auf die Bereiche des Moralischen, Psychologischen und Gesellschaftskritischen oder auf Reflexionen allgemeiner Art. Es ist so in gewisser Weise mit dem abendländischen Aphorismus und dem Epigramm verwandt.

Was heißt nun "Deutsche Senryu"? Zunächst bedeutet dies, daß in diesem Buch keine Übersetzungen oder Nachdichtungen japanischer Senryu vorliegen. Es sind eigenständige Gedichte. Zum anderen war für den Verfasser bei der Übernahme des Senryu auch nicht dessen zum Teil ganz andersartiger Gedanken- und Erlebnisgehalt maßgebend, sondern allein der **Geist der Form.**

Was bedeutet dies im einzelnen? Übernommen wurde erstens: die kurze Siebzehnsilbenform als Mittel der Konzentration und Beschränkung auf das Wesentliche. Zweitens: die in vielen Senryu vorhandene präzise dichterische Bildgebung, was eine erneute Hinwendung der Dichtung zur klaren, objektiven Anschauung zur Folge hat (letzterer Begriff hier im

Schopenhauerschen Sinne verstanden). Drittens: das **Pars-pro-toto**-Prinzip, das der Verfasser für eines der grundlegenden Gesetze der Dichtkunst hält und das er in der japanischen Dichtung – und damit auch in vielen Senryu – besonders rein verkörpert sieht. Viertens: die mit der Kürze zusammenhängende genaue Sprachgebung.

Nun wird deutlich geworden sein, daß hier keine Nachahmung des japanischen Senryu vorliegt, sondern der Versuch einer rein künstlerischen **Anverwandlung**, um so die deutsche Sprache und Dichtung anzuregen und zu bereichern. Der Inhalt der Gedichte wurzelt voll und ganz in der abendländisch-europäischen Tradition. Es sei noch ergänzt, daß viele Senryu des Verfassers ein aphoristisches Gepräge zeigen. Dies ist bewußt geschehen, weil einerseits, wie oben erwähnt, dafür schon Ansätze im japanischen Senryu vorliegen und zum anderen diese Form wegen ihrer Kürze und Strenge sich nach des Verfassers Meinung für aphoristische Aussagen besonders gut eignet.

Was nun die Übertragung des japanischen Versmaßes ins Deutsche angeht, so ist der Verfasser folgendermaßen verfahren (– auf Versuche anderer Autoren wird hier nicht eingegangen): Das Japanische besitzt fast nur kurze Silben, es kennt keinen Reim und kaum die Wortbetonung, und so ist das japanische Gedicht allein auf der Silbenzählung aufgebaut. Das Senryu besteht, wie schon dargestellt, aus siebzehn Silben, und seine rythmische Form ergibt sich dabei so, daß jeweils nach der fünften und nach der zwölften Silbe eine Zäsur einzusetzen ist. Manchmal kommt noch eine Nebenzäsur zwischen der siebenten und zehnten Silbe hinzu. Geschrieben wird das Kurzgedicht in Japan meistens in einer senkrechten Langzeile. Das kann im Deutschen nicht übernommen werden, und so muß man sich, um die rythmische Struktur zu verdeutlichen, gemäß den Hauptzäsuren für die dreizeilige (und natürlich waagerechte) Schreibweise entscheiden, wobei die erste Zeile dann fünf Silben enthält, die zweite sieben und die dritte wieder fünf. In den Senryu dieses Bandes erscheint außerdem wie in den japanischen öfter die oben erwähnte Nebenzäsur zwischen der siebenten und zehnten Silbe, also innerhalb der zweiten Zeile, und manchmal auch noch eine in der ersten oder dritten. Aber diese Nebenzäsuren dürfen nicht zu lang sein, weil sonst der empfindliche rythmische Fluß der Kurzgedichtform zu jäh unterbrochen würde. Ein Punkt als Satzzeichen innerhalb der Zeilen wäre schon zu viel. Aber möglich sind das Komma oder das Semikolon. Auch der Doppelpunkt kann verwendet werden und ebenso der Gedankenstrich, sofern dieser – wie jener – inhaltlich auf das Folgende hinweist. In gleicher Weise setzt der Verfasser des öfteren in der zweiten Zeile das Fragezeichen, aber nur dann, wenn der zweite Teil des Gedichtes eine unmittelbare inhaltliche Reaktion auf den ersten Teil ist.

Was die oben genannte Reimlosigkeit und die Silbenzählung betrifft, so können sie ohne weiteres ins Deutsche übernommen werden. Da aber der deutsche Vers als "wägender" Hebungen und Senkungen verlangt, so sind sie bei der metrischen Eindeutschung berücksichtigt worden, und zwar so: Alle fünfsilbigen Zeilen haben **zwei** Hebungen erhalten und alle siebenzeiligen Zeilen **drei**. Damit die Verse nun aber nicht starr und eintönig wirken – was wegen ihrer Kürze und der festen Silben- und Hebungszahl leicht geschehen kann – und damit auch die Ausdrucksbeweglichkeit der deutschen Sprache erhalten bleibt, ist die Füllung der Verszeilen **frei** gestaltet worden. Dies heißt, sie können mit einer oder zwei unbetonten Silben beginnen (Auftakt) oder auch mit einer Hebung (auftaktlos). Im Innern der Verszeile erscheinen eine oder zwei, gelegentlich auch drei unbetonte Silben. Hebungen ohne Zwischensenkungen kommen ebenfalls vor. Die Zeilenschlüsse sind entweder männlich (betonte Endsilbe) oder weiblich (unbetonte End-

silbe), und manchmal wird man auch wie in der
frühmittelhochdeutschen Dichtung weibliche Versaus-
gänge mit zwei unbetonten Silben finden.

In gleicher Weise nun, wie der Verfasser sich be-
müht hat, die japanische Siebzehnsilbenform für die
deutsche Sprache und Dichtung fruchtbar zu machen,
hat Thomas Hemstege versucht, in den Bildern dieses
Bandes - welche einer Reihe von Senryu zugeordnet
sind - die japanische Tuschmalerei künstlerisch an-
zuverwandeln. Was darunter im einzelnen zu verste-
hen ist, wird er in dem folgenden zweiten Vorwort
selbst darstellen.

Hartwig Hossenfelder

Vorwort des Malers

In der Erwartung, in den Bildern dieses Bandes die bekannten japanischen Tuschmalereien wiederzuerkennen, wird mancher wohl enttäuscht sein. Schon während meines Studiums der Tuschmalerei in Japan wurde mir immer klarer, daß es nicht sinnvoll ist, diese bildnerische Form einfach zu kopieren. Denn abgesehen davon, daß dies reines Epigonentum wäre, besitzen die Darstellungen der japanischen Tuschzeichnungen in der Regel einen bestimmten Symbolwert, der aufgrund traditioneller Überlieferung auch heute noch fast jedem Japaner bekannt ist, den meisten Europäern aber ohne eine fachgerechte Erklärung verschlossen bleibt. Zum Beispiel: Ein Bild, das einen Bergfasan zeigt, der nachts auf einem Zweig sitzt, soll nicht nur ein Naturerlebnis wiedergeben, sondern ist auch ganz konkret auf menschliche Erfahrungen bezogen. Bergfasane leben tagsüber gesellig zusammen, schlafen aber in der Nacht einzeln für sich auf Bäumen. Dieses Motiv und seine Symbolkraft sind den Japanern durch Hunderte von Bildern und Gedichten vertraut, uns Europäern hingegen nicht.

Wenn es sich also wegen der uns fremden Kulturtradition nicht von Wert zeigt, sich von den Motiven der japanischen Tuschmalerei beeinflussen zu lassen, in welchem Sinne kann sie dann noch für die europäische Malerei fruchtbar werden? Ich meine: auf die gleiche Weise, wie es der Autor in seinem Vorwort für die Dichtung ausgeführt hat. Sinn-voll kann auch hier nur sein, den Geist der Form zu übernehmen. Damit meine ich die vollkommene Synthese zwischen den beiden formalen Gegensätzen von Abstrakt und Konkret. Denn auf einem japanischen Tuschbild werden zwar immer deutlich erkennbare Gegenstände

und Menschen dargestellt, dies aber in der Weise,
daß von ihrer äußeren Erscheinung nur dasjenige
sichtbar wird, was zur Erfassung ihres Wesens nötig
ist. Solche Maltechnik setzt natürlich nicht nur ein
tiefgehendes Wissen um die Dinge und Menschen vor-
aus, sondern erfordert auch eine äußerst konzentrier-
te ´Ruhe, da sie mit einer sehr sparsamen Strichfüh-
rung arbeitet. Dem eben erwähnten Gegensatz von
Abstrakt und Konkret ist bei uns in Europa bis an
die Grenze des künstlerisch Möglichen Gestalt gege-
ben worden, und seine Aussagekraft hat sich daher
erschöpft. Aufgrund der vorstehenden Erläuterungen
denke ich, daß gerade die japanische Tuschmalerei
in der Lage wäre, einen Ansatzpunkt für eine schöp-
ferische Neubesinnung der europäischen Malerei dar-
zustellen und diese aus der Sackgasse sowohl des
Fotorealismus als auch der bloß abstrakten Formge-
bung herauszuführen.

In diesem – hier kurz entworfenen – Sinne müssen die Bilder dieses Bandes betrachtet und verstanden werden. Es sei zum Schluß hinzugefügt, daß sie
keine Illustrationen in der engeren Bedeutung des
Wortes sind. Der Maler hat vielmehr die vom Autor
im Senryu vorgelegten Ideen in freier Gedankenver-
bindung eigenwillig mit bildnerischen Mitteln gestaltet – sogar manchmal seine Gestaltungen in bewußtes
Spannungsverhältnis zum Geschriebenen gesetzt.

Somit bleiben die Gedichte und Bilder jeweils eigenständige Gebilde, die sich gegenseitig ergänzen.

Für die Druckwiedergabe wurden die Originale
etwas verkleinert.

Thomas Hemstege

Zur Liebe

Euch trennt ein Abgrund?
Dann springt hinein, ihr trefft euch
vielleicht beim Fallen.

Zur Liebe bereit?
Dann prüfe dich erst, ob du
auch Liegefleisch hast.

Deine Geliebte?
Du bist nicht ihr Besitzer,
nur der Anlieger.

Wenn dein Sonnenschein
sie ist, was wird dann aber
in der Nacht sie sein?

Im Adamskostüm
stehst du vor ihr? Also dann
immer noch maskiert!

Gemeinsam langweilt
ihr euch, nicht gegenseitig?
Ihr paßt zusammen.

Streichle ihre Haut
die ganze Nacht, es bleibt doch
kein Eindruck zurück.

Ins Stundenhotel
geht das Paar und verläßt es
nach einer halben.

Rote Kußflecke
am Hals, und einer sitzt auch
dicht an der Kehle.

Im Herzen trägt er
ihr Bild, wo er es nun selbst
nicht mehr sehen kann.

Dich hinzugeben,
hab keine Angst, denn wie schnell
kriegst du dich zurück.

Für ihn schlägt ihr Herz.
Und doch wär' er wohl schon tot
ohne sein eignes.

Weil ihr so kalt ist,
gibt er ihr seinen Mantel.
Aber jetzt friert er.

Er sagt, er könne
sie um den Finger wickeln;
doch klappt's nur beim Haar.

Er behauptet kühn,
die Liebe brenne in ihm.
Doch wo ist der Rauch?

Manchmal vernascht sie
ältere Herrn? Sie mag wohl
auch mal Fallobst gern.

Sirenenkrallen
hat sie zwar, doch keine Angst –
sie singt nicht so schön.

Abschiedstränentuch,
sie schwenkt es im Wind, und so
trocknet's gleich wieder.

Liebesstern Venus,
wenn die Nacht gekommen ist,
ach, gehst du unter!

Gibt es die Liebe,
damit nicht nur gleich und gleich
sich gerne gesellt?

Sich jemand angeln?
Das klappt doch nur, wenn man selbst
zum Köder sich macht.

Poesiealbum.
Zwischen zwei Liebeszeilen
klebt tot die Mücke.

Spiel mit der Liebe,
wenn's dich nicht stört, daß meistens
auch dann sie ernst bleibt.

Wer kein Glück findet
in der Liebe, hat's im Spiel?
Eher noch im Haß.

Der Liebeshauch wärmt,
es sei denn, dein Herz bekommt
eine Gänsehaut.

Stete Gegenwart
will die Liebe und wird so
zur Selbstmörderin.

Liebe macht nicht blind?
Ihr schließt ja schon beim Küssen
fest eure Augen.

Die größte Liebe:
Ein Paar umarmt sich so wild,
daß es sich erdrückt.

Mir ist klar, daß man
nach Gegenliebe sich sehnt.
Gift braucht Gegengift.

Die kleine Liebe,
auch sie bringt Leid, und sei's nur,
daß gern sie groß wär'.

Die Liebe ist hart.
Doch Gott sei Dank ist das Herz
oft ja noch härter.

Liebe auf Dauer:
Das ist die schwierige Kunst
der Selbstverführung.

Das Band der Liebe
ist nie so lang, daß es nicht
zum Tauziehen kommt.

Auch ein Liebespaar
geht im gleichen Schritt nur dann,
wenn es sich umschlingt.

Wunschlos unglücklich,
so kann man sich nicht fühlen?
Doch - nach dem Beischlaf.

Trotz aller Liebe -
ohne Parfüm kann man sich
doch meist nicht riechen.

Liebende sollten
sich trennen, wenn auch der Streit
keinen Spaß mehr bringt.

Ist die Liebe kurz,
weil man sonst vielleicht doch noch
wund sich streichelte?

Ewige Liebe,
wie ein Rosenstrauß aus Wachs
kommt stets sie mir vor.

Die Ehe betreffend

Der Ehehafen,
er läßt der Liebe Wellen
zur Ruhe kommen.

Nun ist er getraut
und löffelt brav die Suppe,
die sie ihm einbrockt.

Brennt im Schlafzimmer
rotes Licht, bleibt zumindest
die Röte der Scham.

Stillende Mutter.
Komisch, jetzt dürfen alle
die Brüste sehen.

Ein neues Baby.
Und wieder mal kann der Tod
ein Richtfest feiern.

Ehe von Dauer?
Dann hört auf, euch zu brauchen,
sondern gebraucht euch.

Moderne Ehe:
Man schmückt den Ehekäfig
als Rosenlaube.

Jede Begegnung
wird zum Ausweichmanöver
in klugen Ehen.

Glückliche Ehe:
In ihr gibt's noch dann und wann
Flittersekunden.

Ein Leben zu zweit,
was gibt es, wenn man's ernst nimmt?
Lauter Halbheiten.

Sei nicht überrascht,
wenn zur Pantomime wird
der Ehe Schauspiel.

Wir Eheleute,
so meint ihr, schweigen uns an?
Wir schweigen uns zu!

Das Band der Ehe,
besteht es zum Schluß nicht nur
aus Halteknoten?

Zur Religion

Fromm ist der Pilger;
doch nicht so, daß auf den Knien
nach Rom er kröche.

Im heiligen Strom
stehn und waschen sich emsig
waschechte Sünder.

Geht barfuß der Mönch,
so drückt ihn zwar kein Schuh mehr,
aber die Erde.

Sich geißelnder Mönch,
das ist einer, der peitscht sich
in die Ewigkeit.

Den eignen Leib sich
vom Leib zu halten, das schafft
nicht mal der Asket.

Sitzender Buddha.
Lässig ruhen die Hände
in der Schamgegend.

Die Ruhe in Gott
hat der Weise gefunden?
Vielleicht auch vor ihm.

Steh auf, Heiliger!
Denn bist du erst im Himmel,
kniest du für immer.

Ach ja, ihr Christen!
Jesus starb am Kreuz, doch ihr
schlagt's nur in die Luft.

Wer betet, wird wohl
innerlich frei, doch bindet
er sich die Hände.

Das Kirchenfenster,
es leuchtet bunt, doch das Licht
fällt nur schwach herein.

Kirchenraumstille.
Es gibt nicht einmal einen,
der laut dort betet.

Auf dem Kirchturm
ragt das Kreuz, und darauf wieder
hockt eine Dohle.

Wer Gott gefunden,
die fünfte Himmelsrichtung
kennt der sicherlich.

Daß Gott du fürchtest,
ist sicher gut, denn Vorsicht
vor dem, der dich liebt.

Ist nichts vollkommen,
weil auch der Schöpfer der Welt
kein Pedant sein will?

In Gottes Hand sein
beruhigt sehr, solange
er keine Faust macht.

Wir bauen auf Gott
im Himmel? Das kann doch nur
ein Luftschloß werden!

Ist Gottes Himmel
unendlich, damit man nicht
die Kehrseite sieht?

Bei Gott ist Ruhe,
bis auf die bösen Taten,
die zum Himmel schrein.

Gott ist ein Hirte?
Doch scheint er stets dann hinter
der Herde zu gehn.

Himmelskönigin,
man betet dich an, doch ich
bleibe dein Hofnarr.

Das Licht des Himmels
oder das Höllenfeuer,
was leuchtet heller?

Du kennst nicht den Weg,
welcher zur Hölle dich führt?
Immer gradeaus.

Wer in der Hölle
auch brät, er kann noch immer
zum Himmel stinken.

Leicht ist der Teufel,
denn er will natürlich auch
die Schwachen reiten.

Des Teufels Gesicht
ist voller tiefer Falten.
Vom vielen Lachen?

Zeitlose Götter
oder götterlose Zeit,
ist das nicht eines?

Vom Himmel ist noch
kein Meister je gefallen?
O doch — Luzifer.

Ewigkeit wollen?
Man erträgt ja nicht einmal
einen Dauerton.

Dorniger Heilsweg.
Doch wer sagt, daß wir barfuß
ihn gehen müssen!

Da ein Weiser ja
zu schweigen pflegt, verlang nicht,
daß Gott mit dir spricht.

Von den Weisen und der Weisheit

Warum blickt meistens
man zur Erde beim Denken
und nicht zum Himmel?

Ein Aufgeklärter,
das ist einer, dem alles
zu Kopf gestiegen.

Forscher möcht' ich sein!
Er weiß so viel, und es macht
ihn trotzdem nicht heiß.

Philosophenlos:
Auch das Selbstverständliche
wird unverständlich.

Welch eine Rolle
spielt in der Welt der Weise?
Mehr als den Souffleur?

Daß man als Weiser
niemals mehr träumt, wird schwierig
wohl bloß noch im Schlaf.

Die Weisen lieben
das Schweigen? Sicher nur dann,
wenn es beredt ist.

Der echte Weise
schaut nicht nur tatenlos zu –
auch gedankenlos.

Sei ehrlich, Weiser!
Es läßt dich zwar alles kalt –
bloß heiß darf's nicht sein.

Weshalb ein Weiser
nach Norden stets sehn sollte?
Das erspart Sehnsucht.

Er ist erleuchtet?
Glaub es erst dann, wenn des Nachts
du ihn scheinen siehst.

Dieser belächelt
die Welt, jener beweint sie.
Und wer blickt tiefer?

Dem Pessimisten
lacht ja kein Glück, und wenn doch,
so grinst es ihn an.

Über allem kann
der Weise stehen, doch nie
über sich selber.

Der Stein der Weisen,
auch er geht unter, wenn man
ins Wasser ihn wirft.

Labyrinthisch ist
das Gehirn, und doch will man
klare Gedanken!

Vergeblich hofft man
auf den Geist als Wegweiser;
denn er wandert mit.

Er flieht die Menschen.
Doch daß von ihnen er träumt,
wird weiter geschehn.

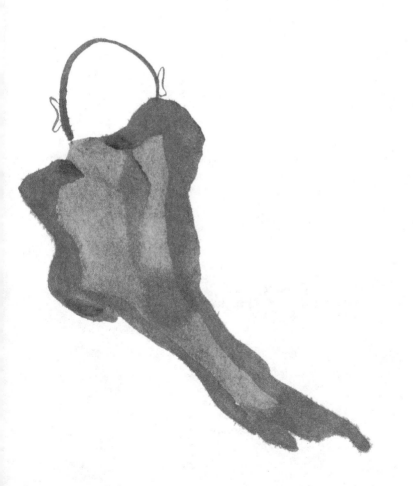

Die Philosophie
lehrt das Staunen, doch danach,
wie man es verlernt.

Wer den Lauf der Welt
betrachtet, übersieht oft,
was nur mitschlendert.

Der Welt Mißliches,
wenn's auch abläuft wie Wasser –
du wirst naß dabei.

Das Leben gilt dir
als Farce? Dauert es dafür
nicht doch zu lange?

Wenn dieser Welt du
den Rücken zukehren willst,
wie drehst du dich dann?

Du kennst die Menschen?
Bist Fassadenkletterer
du denn geworden?

Den Kopf hochhalten?
Je mehr du drin hast, desto
schwieriger wird es.

Den Spiegel hältst du
jemandem vor? Dann braucht es
die Eitelkeit nicht.

Daß nichts wir wissen,
ist der Weisheit letzter Schluß?
Nicht der vorletzte?

Letzte Gewißheit
erstrebt man und hat dabei
nicht mal die erste.

Zur Selbsterkenntnis:
Einen Sonnenplatz will man,
doch den im Schatten.

Kann in Gedanken
man versinken? In böse,
denn die sind ein Sumpf.

Wenn niemand sich ernst
mehr nähme, was gäb' es dann
wohl noch zu lachen!

Was von der Welt du
immer auch verinnerlichst,
das Licht bleibt draußen.

In sich zu ruhen,
was nützt es, solang der Leib
noch weiterzappelt!

Wie, sein Inneres
verbergen? Aber es ist
doch schon ein Dschungel!

Nimm dich nicht wichtig?
Das hat keinen Zweck, solang
es noch andre tun.

Ein fester Standpunkt
ist gut? Wär' nicht ein weicher
Sitzplatz viel besser?

Bis zu den Wurzeln
der Dinge gehn? Dann muß man
sie doch entwurzeln!

Die Wahrheit ist schön?
Man hat zu oft ins Gesicht
ihr schon geschlagen.

Handeln, wie man denkt?
Das würde uns doch nicht mal
im Traum einfallen.

Die Flucht zur Wüste,
ich glaube sie dem, der dort
verdursten möchte.

Ist gut wohl der Spruch:
Die Augen zu und dann durch?
Nur für Schlafwandler.

Innere Freiheit:
Verliert nicht, wer sie besitzt,
den inneren Halt?

Inneren Frieden
suchst du? Ein Waffenstillstand
gibt besseren Schutz.

Immer nur lächeln?
Das mag wohl gut sein für dich,
doch andre reizt es.

Wozu noch Weisheit
auf unserem Narrenschiff!
Man kommt nicht von Bord.

Kunst und Künstlertum

Wenn auf der Bühne
du wirklich weinst, Tragöde,
zerrinnt die Schminke.

Ein Komiker sein?
Bloß nicht, denn der nimmt ja auch
das Heitere ernst.

Daß Dichter lügen,
weiß man, doch bei den besten
sind es Notlügen.

Die Lippen des Clowns,
wie fein sie sind, siehst du erst,
wenn er sie abschminkt.

Keine Vielschreiber
gäb's mehr, wenn die Schrift in Stein
man meißeln müßte.

Mit Herzblut schreiben?
Laß das bleiben, es würden
ja Blutergüsse.

Ein echter Dichter:
Selbst sein Gewissen läßt er
in Versen sprechen.

Vom Sprungturm fliegend,
zeigt der Kunstspringer, wie schön
man auch stürzen kann.

Wer darf als Künstler
die Tiefe nicht beachten?
Nun, der Seiltänzer.

Nach dem Eiskunstlauf.
Zurück auf der Fläche bleibt
ein Kratzergewirr.

Im Musikzimmer.
Von Beethoven gibt's dort nur
die Totenmaske.

Ein neues Marschlied.
Trotzdem – das Marschieren bleibt
immer dasselbe.

Jagd- und Kriegslieder
gibt's so viele, warum dann
keine für Schlachter?

Der Künstler vergißt,
daß er lärmempfindlich ist,
wenn der Beifall tost.

Die stete Übung
macht den Meister, das Können
aber langweilig.

Erschüttert gehn wir
vom Trauerspiel nach Hause.
Doch ohne Risse.

Wer das Unschöne
in seinem Leben ausstreicht,
macht's noch häßlicher.

Segen der Buntheit:
Sie macht, daß auch der Durchschnitt
nicht nur grau aussieht.

Die Kunst ist brotlos.
Ja nicht mal satt sich sehen
kann man am Schönen!

Der Kleinkünstler dort,
er mag auch noch so gut sein –
aus klein wird nicht groß.

Fesselt die Schönheit,
damit man bleibt - oder nicht
zu nahe ihr kommt?

Schönes ist flüchtig.
Doch dein betrachtender Blick,
wie oft ist er's auch!

Ein schöner Trinkkelch.
Doch ist das Getränk bitter,
macht er es nicht süß.

Küßt eine Skulptur,
und dann wißt ihr, was es heißt,
die Kunst zu lieben.

Politisches

Diplomatenspruch:
Nie durchs Leben sich schlagen,
sondern durchstreicheln.

Angst vor den Großen?
Dann mach dich so klein, daß sie
dich niedlich finden.

Was ich vermisse
an des Diktators Gala?
Den festen Sturzhelm.

Der Herrscher sitzt hoch?
O dann kannst die Füße du
im Stehn ja küssen!

Den Säbel, Soldat,
halte fest, wenn du flüchtest.
Sonst rasselt er noch.

Mitleidslos rollen
die Panzer, obwohl ihr Kern
eigentlich weich ist.

In Kampfeswut ball'
die Faust nicht zu fest, sonst paßt
kein Dolch mehr hinein.

Wer stirbt wie ein Held,
zieht der nicht dann den Schlußstrich
mit dem Lineal?

Orden aller Art,
sind sie nicht immer zugleich
auch Jagdtrophäen?

Nach dem Friedensschluß.
Jetzt ist wieder für den Krieg
mit uns selber Zeit.

Was nützt die Freiheit,
solange sie noch der Zwang
zur Entscheidung bleibt!

Die Blinden regiert
der Einäugige, doch wer
die Zweiäugigen?

Zur Moral

Daß man unberührt
durch die Welt kommt, verhindern
meist schon die Mütter.

Gib Sachen dich hin,
denn sie verweigern bestimmt
nie die Annahme.

Hilflos zusehen?
Ich frag' mich, warum man dann
nicht lieber wegsieht.

Deinen Hilferuf,
laß schön ihn klingen, vielleicht
kommt doch dann jemand.

Wirf niemandem vor,
er sei angepaßt, denn was
paßt schon zusammen!

Wenn wer dich umarmt,
würde ich dasselbe tun –
schon als Gegenwehr.

Einer Leidenschaft
folgen Tränen, doch wer ihr
entsagt, weint sofort.

Einklang der Seelen?
Zeig mir zwei Herzen, welche
im Gleichtakt schlagen.

Den Freund anpumpen?
Sollte er Geld dir geben,
so ist er keiner.

Dreht einer den Spieß
nicht um, dann hat er sicher
seinen eigenen.

Man braucht den andern
allein schon deshalb, um ihm
die Schuld zu geben.

Vermeide die Flucht
vor dir selbst, denn sie bleibt doch
ein Kopf-an-Kopf-Lauf.

Auch die Umarmung
gibt keinen Schutz, denn es fehlt
die Rückendeckung.

Was immer man sagt,
sein eigner Speichellecker
wird man dabei sein.

Gemeinsames Tun,
hätt's Reize, wenn es nicht auch
ein Wettkampf stets wär'?

Ideale sind
Vampyre, drum folg ihnen
nur als Blutreicher.

Wenn jeder Fehler
auch seine Tugend besitzt,
ist Tadel gleich Lob.

Die freie Tat ist
grundlos, also zufällig.
Und das möchtest du?

Ach ja, in der Welt
wird gar nichts gerecht verteilt.
Nicht einmal die Schuld.

Geht's allen gleich gut,
gibt's keinen Trost durch einen,
der schlechter dran ist.

Niemand benutzt mehr
Waffen aus Stein, es sei denn
sein steinernes Herz.

Ein Recht auf Leben?
Sein mächtiger Drang macht's dir
allenfalls zur Pflicht.

Wozu Blutrache!
Das Blut der Eltern in uns
rächt sich von selber.

Die Menschen sind dumm?
Leider nicht genug, um auch
gutmütig zu sein.

Der Mensch braucht Zuspruch?
Ich sehe nur, daß er stets
mit Anspruch auftritt.

Der Mensch ist gezähmt.
Dafür ist ziemlich bissig
jetzt sein Gewissen.

Wir sind wohl Narren,
doch werden wir deshalb nicht
zu Menschennarren.

Je wärmer das Herz,
desto wohler fühlen sich
die Schlangen darin.

Wer sein Herz öffnet,
beachte: Er läßt dann auch
die Laster heraus.

Das Herz soll sprechen?
Bedenkt aber, es gibt nur
Klopfzeichen von sich.

Da dein Herz schon fest
im Leibe sitzt, wozu braucht
es noch Bindungen?

Den Weg zum Herzen,
von allen Seiten versperrt
ihn leider der Leib.

Deinen Feind lieben?
Spar dir die Mühe, denn das
besorgt schon dein Freund.

Geschenke stützen
die Freundschaft? Es reicht wohl nicht,
daß man selbst sich schenkt.

Niemandem weh tun?
Dann sorgt auch, daß keiner einst
um euch trauern wird.

Freude zu spenden
tut immer wohl? Dann frag mal
ein Freudenmädchen.

Einer für alle,
das ist gut, doch umgekehrt
wär' es Verschwendung.

Armut als Tugend?
Wer solches fordert, glaubt mir,
ist innerlich reich.

Einer soll tragen
des andern Last? Dann kann man
sie auch selbst tragen.

Einem verzeihen?
Warum denn, er hat ja meist
schon selbst es getan!

Liebt euren Nächsten?
Das heißt, man stärkt und fördert
dessen Selbstliebe.

Wie ist das nun noch?
Vergißt man, weil man verzeiht,
oder umgekehrt?

Über die Straße
führst du den Greis? Dann trag' ich
die Schnecke rüber.

Du bereust etwas?
Wart erst ab, ob du's nicht schon
morgen wiedertust.

Selbstzucht Übende,
seht sie euch an, sie stehen
stramm vor sich selber.

Wer hart mit sich kämpft
und dann auch besiegt, steht der
nicht da wie Pyrrhus?

Erzieh dich nicht selbst.
Du gäbst dir doch nur Zucker
und nie die Peitsche.

Du willst in dich gehn,
und dein Stolz erlaubt es nicht?
Dann krieche in dich.

Der Klügere soll
nachgeben? Dann Gott sei Dank
der Klügste ja nicht!

Den nenn' ich höflich,
der auch von sich nichts verlangt,
sondern nur bittet.

Wer krumme Wege
nicht schätzt, der kommt wohl nicht mal
bis zum Nachbarhaus.

Du kannst übers Herz
es nicht bringen? Dann trägst du
es wohl dran vorbei.

Zwar stehn mir manche
zur Seite, doch ich brauche
ein Gegenüber.

Schulter an Schulter
kann man was tun, aber nie
geht's auch Herz an Herz.

Aufrechte Haltung,
wer will die nicht, es sei denn,
es bläst grad ein Sturm.

Die Unschuld ist rein?
Allzu viele waschen sich
in ihr die Hände.

Daß zuviel Gutes
ich tue, erwartet nicht.
Man soll maßhalten.

Es ist nun mal so:
Böses, daß du unterläßt,
besorgen andre.

Böses mit Gutem
vergelten? Auch so kann man
dem Teufel dienen.

Gibt es das Gute,
weil sonst das Böse doch noch
langweilig würde?

Wer das Licht nicht scheut,
ist entweder gut oder
des Bösen Meister.

Ob wir maßlos sind,
damit wir uns nicht zum Maß
der Dinge machen?

Ein elender Lump,
an welchem nichts mehr gut ist?
Doch – sein Gewissen.

Sein Gewissen schläft
zwar fest, aber immerhin –
man hört's noch schnarchen.

Reitet der Teufel
so gern auf uns, weil wir schon
zugeritten sind?

Wem nichts Menschliches
fremd bleiben soll, der muß auch
zum Mörder werden.

Wenn du glaubst, du seist
kein Massenmörder, frag mal
die Grippeviren.

Ihr seid wie Feuer
und Wasser? Doch dann bist du,
hoff' ich, letzteres!

Ist einer für dich
ein rotes Tuch, dann bist du
der dumme Bulle.

Du bist verdorben?
Keine Angst, du kannst dich noch
jahrelang halten.

Packt dich ein Sadist,
ruf nicht um Hilfe, es kommt
höchstens ein zweiter.

Sei ohne Sorge:
Wenn deine Scham auch falsch ist,
die Röte wirkt echt.

Weshalb den Lastern
so gern ich hin mich gebe?
Aus Feindesliebe.

Wenn einer wie Luft
dich behandelt, den würde
ich dann anstinken.

Du läßt dich fallen,
obwohl du dich doch nicht links
liegenlassen kannst?

Du bist nachtragend?
Da wär's aber wirksamer,
nachwerfend zu sein.

Die kalte Schulter
zeigt einer dir? Dann kannst du
dich noch drauf stützen.

Der Lohn dieser Welt
ist Undank? Sie weiß eben:
Gutes dankt sich selbst.

Zum Lob der Faulheit:
Gäb' es sie nicht, wir hätten
noch mehr Verbrechen.

Ungerechtigkeit,
du siegst meistens, und sei es
in Form der Gnade.

Alles ist käuflich.
Und wenn auch nicht stets mit Geld,
so doch mit Herzblut.

Ein Beispiel suchst du
für nackten Egoismus?
Liebende im Bett.

Die heimlichste Art
von Grausamkeit: Jemandes
Mitleid erwecken.

Dein Eigenlob stinkt?
Dann hast du es eben nicht
genug parfümiert.

Grenzen der Ichsucht:
Im eignen Schatten kann nur
der andre liegen.

Des Bösen Triumph:
Wenn man's vernichtet, tut man
auch wieder Böses.

Absolut Böses
gibt's nicht, denn für den Täter
ist es immer gut.

Böses verboten.
Doch bleibt dir noch, das zu tun,
was du nicht so meinst.

Du fragst nach dem Sinn
des Bösen in dieser Welt?
Die Freude daran.

Glück und Unglück

Ins Freudenhaus geh
und lern, daß auch Sichfreuen
gar nicht so leicht ist.

Schwarz sind die Strähnen
des Pechs und gut zu sehen.
Doch die Glückssträhnen?

Die Zufriedenheit
braucht ein gutes Gewissen?
Besser wohl gar keins.

Das Glück vertreibt uns
die Zeit, doch meinen andre,
es sei umgekehrt.

Glück im Verborgnen?
Gehört zum Glücklichsein nicht
der Neid der andern?

Was willst du lieber:
mehr Glück haben als Verstand
oder umgekehrt?

Dem Glücklichen schlägt
keine Stunde, doch das Herz
dann um so schneller.

Wie man glücklich wird?
Such dir die Leiden, die du
am besten erträgst.

Tränen unterm Mond?
Wo sonst, unter der Sonne
trocknen sie zu schnell!

Was spielst im Unglück
du noch den Clown, denn man lacht
auch so darüber!

Du mußt viel leiden?
Dann lern die Schadenfreude
über dich selber.

Dein Leid soll man sehn?
Dann fließe Blut, denn Tränen
sind viel zu farblos.

Wer durch großen Schmerz
versteinert, wird zum Fossil
des eignen Leidens.

Die Wunden streicheln?
Das lindert nicht ihren Schmerz,
sondern verstärkt ihn.

Mit Tränen eßt ihr
euer Brot? O dann habt ihr
kein Salz mehr nötig.

Aufwiegen die Last
des Leids mit Lust? Aber die
ist doch schwerelos!

Trost für Leidende:
Die Lust wird stets langweilig,
der Schmerz aber nie.

Ein Herz, das weich ist,
leidet wohl mehr, doch es bricht
so leicht dafür nicht.

Das Herz wird oft schwer?
Man wird es schon aushalten,
denn es ist ja klein.

Die Vernunft vertreibt
das Unglück nicht, doch sie macht
ein stilles daraus.

Der Sinn des Leidens?
Unser Training für die Zeit
einst in der Hölle.

Alter und Tod

Was ist das Alter?
Der Abstieg vom Berg ohne
die nötige Kraft.

Dein Lebensabend,
wenn er sich röten sollte,
geschieht's wohl aus Scham.

Die Wangenfalten
des Alters sind gut wozu?
Als Tränenrinnen.

Trost im Altersheim:
Auch die zahnlosen Münder
mögen noch küssen.

Man soll im Alter
sich auf die Jugend stützen?
Also auf Torheit.

Die meisten Freuden
schwinden den Alten, doch bleibt
die Schadenfreude.

Frieden im Alter
bekommst du nur dann, wenn du
den Verfall bejahst.

Wahrheit im Alter?
Belügt man nicht selbst den Mund
mit dem Kunstgebiß?

Wer sorglos gelebt,
hat der im Alter wirklich
weniger Falten?

Wer sich im Tode
aufbäumt, hat wohl gefunden,
was ihn aufrichtet.

Tod in der Gosse?
Tröstet euch, denn schon vorher
wird man fortgefegt.

Die letzte Ehre
erweisen? Meistens ist es
ja wohl die erste.

Wenn sang- und klanglos
vieles nicht stürbe, niemand
ertrüge den Lärm.

Begräbnisfeier:
Die Zeit, da man singen muß,
auch wenn man trauert.

Wenn auch am Sarg man
trauerbleich steht, der Tote
ist doch der bleichste.

In aller Stille
wird er begraben, man hört
nicht mal ein Schluchzen.

Prächtige Blumen
auf dem Grab? Man möchte dort
wohl nicht nur trauern.

Zu Asche verbrannt
und ins Meer gestreut, wahrlich,
so leicht flogst du nie!

Nach reicher Ernte
feiert der Tod kein Dankfest,
denn zuviel war morsch.

Singt auf dem Friedhof
etwa jemand? Natürlich –
der Totengräber.

Der Tod widerspricht
dem Leben? Mir scheint eher,
er widerruft es.

Steht niemand mitten
im Leben, weil dort der Tod
schon Platz genommen?

Ab reißt die Masken
der Tod, doch nur um seine
uns aufzusetzen.

Wenn auch Wand an Wand
mit dem Tod man wohnt, er ist
ein stiller Nachbar.

Allgemeine Reflexionen

Wer meint, daß alles
um ihn sich dreht, der könnte
auch bloß schwindlig sein.

Strebst du vergebens
nach oben, bist du vielleicht
eine Grundlage.

Du bist nicht gefragt?
Dann mangelt es dir vermutlich
an Fragwürdigkeit.

Der Menge Beifall,
wenn er dich umtost, hörst du
den eignen nicht mehr.

Wer da sagt, daß er
an Wunder nicht mehr glaube,
der ist selber eins.

Am höchsten trägt man
die Nase wohl dann, wenn man
zum Himmel aufblickt.

Wer sich vor etwas
verehrend neigt, kann nicht mehr
dafür gradestehn.

Beim Niederbücken
zeigen wir viel mehr Rückgrat
als beim Aufrechtstehn.

Du harkst deinen Weg?
Sind Fußspuren als Muster
dir nicht gut genug?

Du fühlst dich einsam?
Was das ist, weiß eigentlich
nur der Solipsist.

Du läßt dich nicht gern
für dumm verkaufen? Ach Freund,
wer kauft schon Klugheit!

Frißt aus der Hand dir
irgend jemand, kann leicht er
hinein auch beißen.

Blickt in die Augen
nie dir einer, ist dein Blick
vielleicht auch zu stumpf.

Vor dem Ehrenmal.
Wie lang dauert's, bis der Neid
von dort dich forttreibt?

Wer im Kreis sich dreht,
kommt nicht vorwärts, doch dafür
ist er umsichtig.

Sonniges Gemüt,
wie lange wird es dauern,
bis du verdorrt bist?

Was ist seltener,
daß jemand gern stirbt oder
gerne arbeitet?

Wer nie eine Fünf
grade sein läßt, kann vielleicht
so weit nicht zählen.

Bahnbrechern folgen
kann man nur, wenn nicht Trümmer
den Weg versperren.

Er stiehlt dir die Zeit?
Dann tröste dich, denn auch er
hat deshalb nicht mehr.

So manchen gibt es,
der fällt über etwas her,
bloß weil er hinfällt.

Wer auf einen Blick
stets alles sieht, was macht der
mit den übrigen?

Stets auf den Beinen?
Und du wunderst dich, daß nichts
in den Schoß dir fällt?

Wer dickfellig ist,
spürt nicht so sehr die Schläge,
doch auch kein Streicheln.

Stets bleibt er stehen
auf halbem Weg? Ihn plagt wohl
die Sackgassen-Angst.

Er tanzt durchs Leben?
Laß ihn, er wird dann eher
außer Atem sein.

Mancher lebt einsam,
damit er ohne Störung
sich hochschätzen kann.

Er lächelt niemals?
Vielleicht will er auch keinem
die Zähne zeigen.

Wer überall sich
zu Hause fühlt, also den
möcht' nicht ich zu Gast!

Wenn ein Hellseher
nur schwarzsieht, wundert's dich dann,
daß niemand ihm glaubt?

Die Schwarzmaler frag,
ob sie die eignen Westen
nicht weiß stets lassen.

Sind die Nachfolger,
die man wählt, nicht immer auch
zugleich Verfolger?

Besonders schwer hat's
ein Kriecher, da dornig sind
des Lebens Wege.

Das gibt's wohl selten:
einen Fürsprecher haben,
welcher Bände spricht.

Vor Feinschmeckern sieh
dich vor, denn sie streiten selbst
über den Geschmack.

Such den Ratgeber,
der wirklich den andern meint
und nicht nur sich selbst.

Ein Naturwunder
ist der Mensch, denn welkt er auch,
die Hoffnung grünt fort.

Der Mensch ist Selbstzweck?
Drum weiß bis jetzt er noch nicht,
wozu er da ist.

Ein steter Tropfen,
er höhlt bekanntlich den Stein.
Doch nicht den heißen!

Was vergossen ist,
läßt nicht zurück sich füllen,
aber auflecken.

Die Axt erspart nicht
den Zimmermann nur im Haus –
auch den Scharfrichter.

Der Mondsüchtige,
höher als bis zum Dachfirst
kommt leider er nicht.

Nicht eine Rose
gibt's ohne Dornen, doch die
oft ohne jene.

Nicht alles, was glänzt,
ist Gold, da auch der Arme
was Leuchtendes hat.

Einmal ist keinmal,
wie wahr, doch das zweite Mal
ist schon langweilig.

Du hältst hinterm Berg
mit etwas? Aber auch dort
wohnen doch Leute!

Nur ein kleines Licht?
Doch groß bleiben auch bloß die,
welche nicht brennen.

Das leuchtet doch ein:
Man hat nicht mehr in der Hand,
was ins Herz man schließt.

Du willst Hammer sein
und nicht Amboß? Aber der
ist genauso hart!

Wie Zerberus stehn?
Lohnt das, da man im Rücken
die Hölle nicht hat?

Etwas die Spitze
abbrechen? Doch das meiste
schlägt ja mit Keulen!

Nur ein Strohfeuer?
Warum nicht, wenn du genug
zum Nachlegen hast!

Ein Schlag ins Wasser?
Dafür tut keinem er weh,
höchstens dem Schläger.

Solang man nur B
sagen muß, wenn man A sagt,
und nicht Z, nun ja.

Weil in den Hintern
man treten kann, was nützt da
ein breiter Buckel?

Daß sich die Decke
nach uns streckt, geschieht nicht mal
auf dem Totenbett.

Nutzen der Spiegel:
Sie täuschen uns die Distanz
zu uns selber vor.

Die feste Brücke,
sie verbindet und doch bleibt
die Kluft unter ihr.

Das Antlitz der Welt,
ist es nicht sommersprossig
durch die Schandflecke?

Blut muß wohl fließen
im Getriebe dieser Welt;
sonst fehlt ihm das Öl.

Die Welt zerfleischt sich.
Trotzdem sehe ich nirgends
ihr Knochengerüst.

Es lebt sich leichter,
wenn man lebenshungrig ist,
denn Hunger treibt's rein.

Ist auch dein Leben
ein Kreuz, du trägst es ja nur
und hängst nicht daran.

Liebst du das Leben,
dann zeigst du, daß du keine
Gegenliebe brauchst.

Der Trank des Lebens
kann süß nicht sein, sonst wäre
es auch die Neige.

Hält wer das Leben
für Kot, meint er es sicher
analerotisch.

Das Lied des Lebens
kennt jeder, doch niemand weiß
den richtigen Text.

Das Leben ist ernst.
Doch dies zum Trost: Es bleibt noch
ein Spiel mit dem Tod.

Auch wenn's im Leben
bergab mal geht, man kann nicht
im Leerlauf fahren.

Du stehst im Leben?
Das geht doch aber nur dort,
wo die Tiefe fehlt.

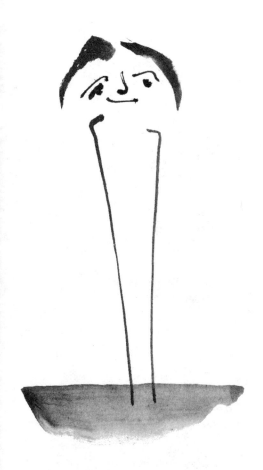

Das Lebensfahrzeug
fährt ins Dunkel der Zukunft
mit Rückscheinwerfern.

Den Anfängen soll
man wehren, bloß wann und wo
hat was begonnen?

Freut nie euch zu früh?
Ich denke, die Vorfreuden
sind stets die besten!

Wer außer sich ist
vor Freude, ob der dann wohl
von ihr noch was hat?

Herzliches Lachen?
Glaubst du wirklich, daß dein Herz
einen Spaß versteht?

Wer da Tränen lacht,
hätte der nicht doch vielleicht
lieber gleich geweint?

Sein Herz ausschütten?
Aber gleicht es nicht dem Faß
der Danaiden?

Dir sagt's dein Gefühl?
Ist es nicht mehr ein Stöhnen,
das von ihm du hörst?

Sich beobachten?
Da du's heimlich nicht tun kannst,
was siehst du dann schon!

Unser Traumdeuten,
führt's nicht dahin, daß man Angst
vorm Schlafen bekommt?

Die Nähe tut wohl?
Aber doch nur, wenn man sie
durchs Fernglas erlebt.

Alles Schwierige
meid' ich, denn das Einfache
ist schon schwer genug.

Wohin du auch kommst,
die Wege sind begangen.
Selbst die Schleichwege.

Was da fliegen kann,
kennt das Oben und Unten.
Doch auch die Tiefe?

Vertreibt die Fülle
das Leere, oder wird es
von ihr nur verdeckt?

Tief läßt dich blicken
vielleicht nur das, was schwindlig
dich machen möchte.

Klopf an wo immer,
wenn's hohl ist, hörst die stärkste
Resonanz du auch.

Einen Pferdefuß
hat jedes Ding? Also ist
doch alles teuflisch!

Die Last des Reichtums,
weshalb sie zu sehr nicht drückt?
Sie ist gepolstert.

Die Zeit läuft uns weg.
Sie weiß wohl, daß wir sie sonst
totschlagen würden.

Das Wesen der Zeit,
wer's wirklich erfahren will,
muß sich langweilen.

Erlebst dasselbe
du stets, ist dein Gedächtnis
vermutlich zu gut.

Unter der Sonne
sagt man, gibt es nichts Neues?
Doch – die Anfänge.

Was du auch erlebst,
es stammt meist aus zweiter Hand –
bis auf die Hiebe.

Spuren hinterläßt
manches wohl, doch die tiefsten
stets noch die Gewalt.

Wo käme die Lust
am Aufbau her, wenn er nicht
zugleich zerstörte!

Auf Mutter Erde
kriegt nicht jeder einen Platz,
wohl aber in ihr.

Den Himmel will man
auf Erden, obwohl sie doch
schon mitten drin ist.

Die Brust ist dunkel?
Ich denke, darin leuchten
des Schicksals Sterne!

Du bist der Spielball
des Schicksals? Manchmal bestimmt
auch sein Wurfgeschoß.

Angst vor dem Dunkel?
Doch nur bei Licht betrachtet,
wirkt's doch gefährlich!

Den Händen greifbar
ist wenig, doch das stiehlt dir
keine Dunkelheit.

Viel Licht - viel Schatten.
Deshalb könnte man auch gleich
im Dunkeln bleiben.

Liebster Aufenthalt
der Hoffnung, ist das nicht stets
ein Trümmerhaufen?

Dein hoffender Blick
in die Zukunft, was sieht er?
Dasselbe in Grün.

Dein Schatten bleibt dir
am treusten? Auch nur solang
die Sonne dir scheint.

Vor allem kann man
die Augen fest verschließen,
bloß nicht vorm Dunklen.

Ratschläge für alle

Die spitzen Zungen
flieh nicht, da der Mensch ja kein
Chamäleon ist.

Was erdrückend groß
für dich ist, mußt du einfach
erhaben finden.

Mach's wie der Obstbaum:
Was reif ist, das laß fallen,
bevor es verfault.

Greif nach den Sternen!
Dann stehst du jedenfalls nie
unter Erfolgszwang.

Wie man am besten
die Sucht nach Ruhm befriedigt?
Fühle dich verkannt.

Nach Schicksalsschlägen
laß dich nicht fallen, es lohnt
sich ja nur vorher.

Wenn dir ein Anfang
zu schwer ist, halt ihn einfach
für den vom Ende.

Meide den Ärger.
Nur den über dich selber
erlaube dir noch.

Wer sich treiben läßt,
den tadelt nicht, denn vielleicht
geht's ja stromabwärts.

Laß nichts zu nahe
dir kommen, sonst merkst du erst,
wie fern es dir ist.

Immer schön langsam!
Das Leben ist ohnehin
meist ein Trauermarsch.

Zur Ruhe nutze
den Abend, da ja des Nachts
die Träume kommen.

Erhoff nicht zuviel
vom Tag, denn er ist und bleibt
das Schoßkind der Nacht.

Tritt fest auf beim Gehn.
Dann bleibt jedenfalls von dir
der Schritte Nachhall.

Schenk dir den Abschied,
da schwer er fällt und vieles
auch so entschwindet.

Verlier die Hoffnung,
da sie dein Leben doch nur
zum Wartesaal macht.

ISSA-SHOBO

Japanische Fachbuchhandlung
Inh.: Thomas Hemstege

Hein-Hoyer-Str.48
D-2000 Hamburg 4
Tel.040/3193875

●

Bücher über Japan
in Deutsch, Englisch und Japanisch:

Literatur
Geschichte
Kunst
Zen
Lyrik
Politik
Wörterbücher
Bilderbücher
Lehrbücher
Photographie

T H